空に俳句の虹かけて

～母と私の三十年句集～

平子甲奈
Kanna Hirako

田主嘉子
Yoshiko Tanushi

文芸社

序にかえて

甲奈さんが御母堂の嘉子さんとの母子合同句集を刊行すると伺い、心から喜んでいる。御母堂の嘉子さんには、甲奈さんの結婚式でご挨拶を申し上げている筈だが、何年も前の話なので記憶が定かではない。

ともかくお二人は俳句を始めるきっかけも所属している俳誌や師系も違うが、同じ時期に俳句を始めている。俳句という日本の伝統文芸に身を置いて、今日、只今という時間を大切に過ごしたいという思いからだろう。

嘉子さんは師系を高浜虚子とする大阪の「未央《びおう》」に入会し、「花鳥諷詠」の客観写生の俳句を学ばれている。個性を大切にする結社なので、嘉子さんにとっては伸び伸びと勉強できる場だと思う。

一方、甲奈さんは沢木欣一・細見綾子を師系とする東京の「風」に学び、感動から発する即物具象の俳句を目指している。平成十四年「風」終刊の後は「風」を引き継いだ「万象」に拠って現在に至っている。

「未央」も「万象」も「写生」を俳句実作の態度、方法としているので、お二人の作品の傾向には違和感がない。よく言われる流派の違いというものは無くお二人で交わす俳句の話も共通するものがあり、話がはずむ。

本句集は四季ごとに編まれていて、作者の詠おうとする季節と自然の関わりに焦点が絞られて分かりやすい。初期の頃の作品と、経験を積んできた現在の俳句が混在しているが、それはそれで進歩の過程が辿れて読む面白さがある。

初期の頃の作品には愛着がありなかなか捨てられないものだ。

嘉子さんの春から夏の句は、向日的で明るく、色彩感の溢れる佳句が目立つ。夏にはお住まいの瀬戸内の風土を抒情豊かに詠って気持が良い。

万蕾を空に灯して濃紅梅

漣のきらら操り風二月

雛の宵華やぐ瀬戸の散らし鮨

一句目、空に向かって伸びる枝に紅梅の蕾がびっしり、空を灯して紅色が滲んでいるようだ。二句目、春めいて明るい風が漣をきらきらさせている。不思議に「きさらぎ」という言葉が句の裏に控えているような気分になる。三句目、言葉の一つ一つが響き合って雛の宵の華やかさが窺える。俳句は言葉の響き合いと言うことが理解できる。

朝凪に蛸縄漁の舟あまた

習ひしもさほどに飛ばず草矢落つ

滝の中子滝岐れて落ちにけり

一句目、瀬戸内にお住まいならではの蛸縄漁の句。蛸壺の縄を引き上げている。漁の小舟が朝凪の海に犇《ひし》めいている。二句目、人から教わって草矢を吹いてみた。息を溜めて吹いたのだが足元に落ちてしまい、自分を可笑しがっている。三句目、一級の写生句だ。子滝を発見したのがお手柄、臨場感がある。

秋の句では自然の観照が確かで、家族を詠む句には愛情が溢れている。

風よりも先を走れり稲の波

丈小さく気焔揚げゐる唐辛子

秋灯を娘とわかち書く旅日記

一句目、稲穂の波の後に風がついてくる面白い感覚的な捉え方だ。二句目、真っ赤な唐辛子を見ての感慨、いかにも辛そうな唐辛子である。三句目、旅の宿でのひと時、豊かな自分の時間が秋の灯の下にある。

冬から新年、

翔び立ちて石蕗より淡き黄蝶かな

帰省すと届きし便り布団干す

まほろばの吉備に降り立つ四温晴

病む夫の安らぎの刻初笑顔

一句目、石蕗の花から黄蝶が飛び立った。蝶の色から比べると石蕗の花の色が何と鮮やかなことか。二句目、子の帰省に心が浮き立つ。ふっくらした温かい布団で休ませてあげたい親の気持。三句目、吉備地方は風光明媚、穏やかな日和が続く日の国褒めの句である。四句目、病んでいる人の笑顔は周りを和ませる。初笑顔には希望がある。

甲奈さんの作品

甲奈さんと私との俳句の出会いは金沢勤務の時だった。もう三十五年も前になる。甲奈さんは金沢支店、私は小松空港所勤務だった。金沢は松尾芭蕉の『奥の細道』の重要な目的地の一つで、芭蕉の訪れを待ちわびた俳人が多くいた、江戸時代から俳諧の盛んな土地であった。

金沢は加賀藩時代から習い事の盛んな土地柄で、金沢に行くと「謡が空から降ってくる」と言われるほどで、高いところで庭師が松の手入れをしながら謡をうたっている。今でも俳句が盛んなところで、俳句の催しがあると多く愛好の人たちが参加する。
甲奈さんは東京に帰ってからは勤務の都合で句会には出られず、会社の俳句同好会に、また結社「万象」に投句を続けて今日に至っている。持ち前の熱心さで技量は着実に身につけている。
甲奈さんは旅行や勤務で、欧米から東南アジアを含め各国の海外詠が多い。海外詠は観光風景的な絵ハガキ俳句になりがちだが、甲奈さんの俳句はその地に密着して対象と一体となった詠い方で、その土地に溶け込んだ作品は本格的で滋味があり楽しい。

花ミモザゴッホの村に画架立てて

ゴッホの村とは南フランスのアルルであろうか。ゴッホの描いた構図の前に立てば、絵心のある作者は自ずと筆を動かしたくなる。大げさに画架を立てなくとも持参のスケッチブックでいい。ゴッホの黄、ミモザの黄の二つが句の中で響き合っていい調べとなっている。

キルギスの娘と踊る春の宵

キルギスは中央アジアの天山山脈の高地にある国、気候的にも厳しいところだろう。時々テレビで紹介されるが、村人は人懐っこい。待ちかねた春の村祭りであろうか、村娘に誘われて一緒に踊る姿に心が和む。

楽聖の庭にカンナの色澄みぬ
ドイツ・ボンにあるベートーベンの生家での嘱目。こぢんまりとした庭に鮮やかなカンナの赤がまぶしい。

冬木立ロシア語どこか風の音
ロシア人の話す言葉が風の音のように聞こえるという感覚的な句。ロシア語が時には軽やかに、時には重く聞こえることがある。実感のある句だ。

日常の身辺を詠った佳句もたくさんある。

西瓜食ぶ額ぶつけるやうにして
三角形に切った西瓜を皆で囲みながら食べている。その大きな西瓜に「額をぶつけるやう」と活写している。人物が生き生きと浮かびあがる。

猫の目に紫陽花いろの雨映る
猫好きの作者ならではの捉え方だ。紫陽花に降りかかる雨が猫の目に映った。猫の目に映る紫陽花と雨を同時に写生した珍しい句だ。

訃報来る祭囃子のやまぬ日に
肉親の訃報なのか。朝からの祭囃子の賑わいの中に訃報が届いた。祭りの「晴」と訃報の「褻《け》」が同居した屈折した佳句。俳句にはイロニーの要素がある。

多喜二読むふっと横切る秋の風

小林多喜二、プロレタリア文学の小説家。甲奈さんは時にはこのような社会性のある句を詠む。作者の内奥に秘められた社会的な視線があるからだろう。小林多喜二への関心は誰でもが持っている。

夜の更けて除雪の翼の広さかな

整備士が出発前の主翼の除雪をしている。雪の多い空港は大変である。飛行機の小窓から見える整備士たちの御苦労を心から感謝している。同時作に「しんしんと主翼に吹雪く最終便」がある。

一句ずつ取り上げていくとキリがないので、この辺で筆を擱《お》くことにする。この句集の上梓を一つの節目として、これからもお二人共々健康に留意なさって、俳句を楽しんでいただきたい。

平成二十九年十月一日

俳誌「万象」主宰　内海　良太

目次

空に俳句の虹かけて

～母と私の三十年句集～

甲奈・春

花ミモザゴッホの村に画架立てて

制服の仕付糸切る弥生尽《やよいじん》

受験子の訛《なまり》やはらか春浅し

教へ子に春の日差しや退職日

花の雨透明な傘さして行く

若草や少年高くボール蹴り

清明や新書をめくる匂ひ立つ

万葉の歌碑の字隠る花菜道

三角に猫は耳たて春一番

マネキンのミントの色に春立てり

手作りの木椅子に桜蕊《しべ》こぼる

甘藍《かんらん》のあをあを転ぶ大地かな

浅き春砂漠の国に民起てり

路地裏のちゃんぽん食堂島の春

サイレンのやうに一途や猫の恋

芝萌《も》ゆる馬の背に置く手の厚き

キルギスの娘と踊る春の宵

春の海お皿のやうな式根島

紫木蓮《しもくれん》枝垂《しだ》るる先に伊豆の海

黄水仙背丈揃へて出荷せり

満開の桜ひとひら枝離る

扉開け桜吹雪を招き入れ

さくらさくら咲き続けよと祈るかな

ひとつぶの雨に崩れし花筏《はないかだ》

風光るハノイの乙女バイク駆り
春うらら猫のあくびの間延びして

大橋や芙美子の海の春霞

風光りシーサー屋根に吠ゆるかな

春昼の乗合バスは多国籍

鳥帰るロシアは花のころなるか

越前の海を台座のしんきろう
春来たる千手菩薩《せんじゅぼさつ》の千の手に

岩海苔《のり》を積み上ぐソウル朝の市

ホノルルの海より出でし春の虹

春の雪裾野延びたる浅間山
大裾野芽吹きの色に染まりをり

嬬恋の桜吹雪の淡きかな

蜂退治上州男の心意気

散り桜どこへと猫の首傾ぐ
春惜しむ深夜乗務の支度して

甲奈・夏

接戦のテニスコートに驟雨《しゆうう》かな

西瓜《すいか》食《た》ぶ額ぶつけるやうにして

棺《ひつぎ》には煙草とコロン夏帽子

髪洗ふ子どものやうに泣きし夜に

若葉風駿馬《しゅんめ》の瞳定まらず

風薫る盲導犬とバスを待つ

丸刈りの少年が裂く鰻《うなぎ》かな

仕事場に羽音途絶えぬ鬼やんま

荒梅雨《あらつゆ》の壁のヴィーナス目の静か

猫の目に紫陽花いろの雨映る

鷺草《さぎそう》を母丹念に育てたり

夕凪《ゆうなぎ》や母まだ立てり瀬戸の駅

夏つばめ伊豆高原の坂長し

潮の香の羽田空港夏立てり

夏燕《つばめ》九十九島の海碧《あお》し

真鰯《まいわし》の群れキラキラと聖五月

パリの街グレーに沈む薄暑かな

夏帽子風に色あり匂ひあり

牛の目の潤んでゐたる半夏雨《はんげあめ》

雀《すずめ》らの砂に埋もるる旱《ひでり》かな

水を飲む猫の舌の音涼しかり

甲虫《かぶとむし》高々掲げ機内の子

中世の尖塔《せんとう》高し燕の子

不発弾未だ埋もゐて海紅豆《かいこうづ》

郭公《かっこう》の声澄みわたる遠浅間

巡礼の眼差し遠く五月光《ごがつこう》

母添へば穏やかなりし父清和

向日葵《ひまわり》のごとき笑顔の父見舞ふ

花うばらそよぐ北京のハイウエー

来客の去りし裏庭蛍とぶ

宇宙より涼風来たり皆既蝕《かいきしょく》

降下機へゴジラの如き雲の峰

風薫る入江の奥に古き街
夕焼けに朱く戦禍の標《しるべ》あり

真夜中の噴水硝子《ガラス》の城のごと
石楠花《しゃくなげ》の大輪にして終《つい》の花

九輪草呼べばやさしき名前かな

スカーフを大きく結び更衣《ころもがえ》

思い切り派手なマニキュアして跣足《はだし》

秋隣《あきとなり》オリーブ色の靴を買ふ

甲奈・秋

紅葉へ滑り出したる古電車

秋澄むや二色の音の塔の鐘

新蕎麦《そば》の咽喉《のど》に冷たし白馬村

操縦室にコーヒーの湯気星月夜

秋の浜網繕ひの指太し

楽聖の庭にカンナの色澄みぬ

盆休み赤きガーベラ供花《くげ》として

馬の背の線のびやかに秋の空

カモシカの目元静かや山の秋

満月や切絵の如くモスク在り

結び目をほどいてみたき花カンナ

鰯雲牛一列となり帰る

空港の満月の下離陸待つ

野分去りグレープフルーツのやうな月

合歓《ねむ》の花うす桃色のまつげして
弔ひを照らしてをりぬ十三夜

龍の目の現世見据ゑる寺の秋

秋時雨勝者敗者の隔てなく

セピア色の歳時記ひとつ秋日和

訃報来る祭囃子《まつりばやし》のやまぬ日に

一茶さんと皆が呼ぶ村赤とんぼ

多喜二読むふっと横切る秋の風

迷ひ猫戻りコスモス風に揺れ

新蕎麦を身体あづけて打ちにけり

ちちろ鳴く父の寝息に合はすごと

萩の花散る一坪の義母の墓

ほほづきや墓碑に明かりをともすごと

水澄みて小江戸彦根のいろは唄

目も胸も痛きほどなり山紅葉

ダヴィンチ像見据ゑる先にいわし雲

中学生植ゑしこまくさ踏まぬやう
フクシマの甘く煮られし栗さげて

秋の薔薇《ばら》はちみつ色の家々に

オックスフォード林檎《りんご》色づく学び舎《や》に

チェコの秋木椅子に木の実はじけ落つ

スメタナの流るる部屋に小鳥来る

秋天へソプラノ響くブダの街

飴色《あめ》のリストのピアノ秋のばら

伝説の古城消えたり霧の中

二千年の遺跡に秋の深まれり

甲奈・冬

風花やシエナは塔と石の街

冬茜《ふゆあかね》追うて飛びゆくロンドン便

亡き父の勤めし学舎冬晴るる

熱燗《あつかん》の加減や父の在るごとく

自衛隊ゆく日風花舞い止まず

風花のかさならぬやう降りゐたり

マネキンの足元に咲くポインセチア
ポインセチアのやうに凛々《りんりん》恋をする

大の字で仰ぐ浅間の冬銀河
一番星出づや聖樹の天辺に

父の病む空に息呑む冬銀河

丹沢の山連なりて凍《いて》ゆるむ

ツンドラの大地を灯す聖樹かな

ボルシチとペチカの旅となりにけり

冬木立ロシア語どこか風の音

地平線に沈まぬ夕日ロシア便

真冬の日潤みロシアの夜明けかな

乳色のモスクワの朝春待てり

凍晴《とうせい》にクレーン鋭く切り結ぶ

一晩のうちに氷柱《つらら》の地面まで

旅の夫《つま》囲炉裏奉行となりにけり

面長の仏像祖父に似て小春

摩天楼吹雪の中にふっと消ゆ

人形《ひとがた》の樹氷に月の宿りけり

しんしんと主翼に吹雪く最終便

整備士が星に手を振る聖夜かな

夜の更けて除雪の翼《よく》の広さかな

如月の機窓遥かに富士の嶺

金星冴ゆ操縦室の前面に

冬帽子猫まん丸に寝息たて

それぞれの場所に猫ゐて小春かな

ご主人と蒲団分け合ふ介助犬

冬凪ぎて真白きフェリー滑るごと

冬銀河同窓生は散り散りに

ポインセチア胸に灯りをともしたる

ポインセチア一鉢提《さ》げて男来る

もっこすと雪の峠を越えにけり

ミュージカルはねてロンドン冬ぬくし

待春の声のびやかに聖歌隊

木漏れ日を淡雪そっと横切れり

甲奈・新年

初夢に潮騒近くなりゐたり

雲海を染め上げながら初日の出

正月の月か明るい機窓かな

初旅の機窓に揺るるオーロラ光

乗客に一句いただく初飛行

初詣鳩は閑《しず》かに梁《はり》の隅

スカイツリー高さ極めて年明くる

初富士やどこか窪《くぼ》んでゐるやうな

初電話母に聞かれし餅の味

お不動へ行き交ふ人の初笑ひ

嘉子・春

紅梅の空はんなりと含み初む

万蕾《ばんらい》を空に灯して濃《こ》紅梅《こうばい》

紅梅の日裏日向の色重ね

山寺の清閑に咲き梅真白

二ン月の空へ放ちて鐘一打

漣《さざなみ》のきらら操り風二月

早春の池面《いけも》ほのかに鯉の色

竹幹の打ち合ふ音や園《えん》余寒

ぱっちりと日射しに応へ犬ふぐり

一寸の芝火が風を動かしぬ

芝焼の後掃きをさむ竹箒《たけぼうき》
円居してバレンタインの話など

啓蟄《けいちつ》や小さき命励ます

一雨にゆるびし大地地虫出づ

春炬燵《ごたつ》笑顔の戻る喪の家族

木目込の目もと優しき雛《ひな》選ぶ

雛の宵華やぐ瀬戸の散らし鮨

指白し十二単の雛の袖

朝霞月浮かぶかに溶けるかに
苔みどり落椿赤そして雨

忘れゐし二人《ふたり》静《しづか》の咲くところ

やはらかき土に花種蒔きにけり

あかがねの小さく立ちます甘茶仏

沿線の花に会話のまたとぎれ

銃眼に嵌《はま》る一景山ざくら

ひたすらに春光貪る亀亀亀

天守にも我にも春光あまねかり

春光となり金の鯱《しゃち》威を放つ

ふらここや少年の髪光り散り

春光のあまねき丘に夫葬《つまほふ》る

納骨やひとりづつ寄す春の土

霹靂《へきれき》の訃報はげしく花吹雪く

遠足の児と郷土史を学びけり

ロープウエイ一揺れ花のみ吉野へ

花に酔ひ分け入る山や西行庵《さいぎょうあん》

花吉野さまよひて来し疲れかな

千木《ちぎ》の空雲脚速く花の冷え

今日積みし泥色新た燕の巣

青竹に黒紐きりり垣繕《つくろ》ふ

瓦褪《あ》せ幾世の春や多宝塔

郵 便 は が き

料金受取人払郵便

新宿局承認

4946

差出有効期間
平成31年 7 月
31日まで

（切手不要）

1 6 0 - 8 7 9 1

843

東京都新宿区新宿1－10－1
（株）文芸社
愛読者カード係 行

お名前《ふりがな》				明治 大正 昭和 平成	年生 歳
ご住所《ふりがな》	□□□-□□□□				性別 男・女
お電話番号	（書籍ご注文の際に必要です）	ご職業			
E-mail					
ご購読雑誌（複数可）			ご購読新聞		新聞

最近読んでおもしろかった本や今後、とりあげてほしいテーマをお教えください。

ご自分の研究成果や経験、お考え等を出版してみたいというお気持ちはありますか。

ある　　ない　　内容・テーマ（　　　　　　　　　　）

現在完成した作品をお持ちですか。

ある　　ない　　ジャンル・原稿量（　　　　　　　　　　）

書　名					
お買上 書　店	都道 府県	市区 郡	書店名	書店	
			ご購入日	年　　月	日

本書をどこでお知りになりましたか？

1.書店店頭　2.知人にすすめられて　3.インターネット（サイト名　　　　　　　）

4.DMハガキ　5.広告、記事を見て（新聞、雑誌名　　　　　　　）

上の質問に関連して、ご購入の決め手となったのは？

1.タイトル　2.著者　3.内容　4.カバーデザイン　5.帯

その他ご自由にお書きください。

（　　　　　　　　　　　　　　　　　　　　　　　　　　　　　　　）

本書についてのご意見、ご感想をお聞かせください。

①内容について

②カバー、タイトル、帯について

弊社Webサイトからもご意見、ご感想をお寄せいただけます。

ご協力ありがとうございました。

※お寄せいただいたご意見、ご感想は新聞広告等で匿名にて使わせていただくことがあります。

※お客様の個人情報は、小社からの連絡のみに使用します。社外に提供することは一切ありません。

■書籍のご注文は、お近くの書店または、ブックサービス（☎0120-29-9625）、セブンネットショッピング（http://7net.omni7.jp/）にお申し込み下さい。

嘉子・夏

山藤の彩《いろ》誘ひ出す風であり

小雀の砂浴びの跡小さき窪

山の田に水満つるらし遠蛙《とおかわず》

寂として残れる墳墓樫落葉《かしおちば》

ジャムを煮る卯の花腐《くだ》しまたよかり

朝凪に蛸《たこ》縄漁の舟あまた

灯台の青き灯流る五月闇

卯波《うなみ》寄す小径《こみち》坂道岬寺

絶妙の島の配置や卯浪《うなみ》寄す

卯波寄す小さく小さく次どんと

径それて大山蓮華《おおやまれんげ》の香にしばし

一ひらを風に攫《さら》はれ虞美人草

機嫌よき朝の鳴き声燕の子

五つとも六つとも数へ燕の子

御厨所《みくりや》の雨の結界かたつむり

道端に揺れつつその名小判草

点滴の音なき音や梅雨深し

天とどく歓びに揺れ今年竹

習ひしもさほどに飛ばず草矢落つ

暁の夢でなかりし時鳥《ほととぎす》

遠ざかり又帰り鳴くほととぎす

十薬の花白く浮きたそがるる

一日の遅速の見ゆる植田かな

緑蔭に丸太のベンチあれば足り

郭公の二声三声それっきり

河骨《こうほね》の一点の黄が日を集む

白南風《しろばえ》に踊れる蛸の姿干し
路地裏も磯の香ほのか夕凪げる

ほのと紅差してけぶるや合歓《ねむ》の花

黒揚羽沙羅《さら》の残花に執《しつ》しをり

水替へて命またあり水中花

夕立三日さうあれかしと仰ぐ空

潮風も馳走《ちそう》の一つ夏座敷

初蟬《はつぜみ》の聞こえますかと朝の供華《くげ》

端居《はしい》して下津井節を聞く旅路

咲き匂ふモネの睡蓮亭午《すいれんていご》かな

ひとひらの散華ありけり蓮浮葉

亡き父の座右の一書を曝《さら》しけり

滝の中子滝岐《わか》れて落ちにけり

子等去りて蟬籠一つ残りゐし

嘉子・秋

さやさやと渡り来る風稲の花

風よりも先を走れり稲の波

はらからの集ひてともす岐阜提灯

髪なびく踊り子の像カンナ燃ゆ

なみなみと新涼の水供へけり

鳴きたつる声衰へず秋の蟬

花こぼしつつなほ盛り百日紅《さるすべり》

玉音に声なき学徒終戦の日

もろもろの事語りつつ墓洗ふ

朝顔の終の一花となりにけり

禅寺に昼を酔ひたる芙蓉《ふよう》かな

丈小《ち》さく気焔《きえん》揚げゐる唐辛子

池畔《ちはん》とぶ王者の姿鬼やんま

爽やかや聖堂何も飾らずに

鯉の群れ色を散らして水澄めり

穂芒《ほすすき》の解け初めとは濡れてをり

諸掘《いも》りや地のぬくもりを掌《てのひら》に

啄木《たくぼく》の歌碑あり秋の潮の香に

漁夫の碑に秋日の淡し経ケ島《きょうがしま》

秋風や走る新聞少年像

名月や風の演ずる空のまま

朝日射《さ》すいま一望の芝紅葉

秋灯を娘《こ》とわかち書く旅日記

小鳥来る気配に裏戸そっと開け

厨窓《くりやまど》きのふに変る小鳥来る

はんなりと枝の先より薄紅葉

小鳥来て小《ちい》さき庭に動きあり

居酒屋の木椅子に暫し旅の秋

石畳踏みしむる古都秋時雨

丘いくつ越え秋霖《しゅうりん》の古城訪《と》ふ

手習の墨のかすれや秋灯下

老い給ふ師を見送りて秋深し

秋深き藤戸寺《ふじとじ》に琵琶《びわ》聴かまほし

秋天の富士に真向ひ黙し立つ

届きたる野菜酢橘《すだち》の四五個添ひ

百態の案山子祭の棚田かな

百態の案山子の中に我も在り

父の忌や遠き日のこと木《こ》の実《み》独楽《ごま》

温顔の身にしみ泛《うか》ぶ遺作展

飛来鴨《かも》十四五羽には池狭く

嘉子・冬

一山《いちざん》の彩《いろ》を沈めし時雨雲

いつの世の石塔ならむ朴落葉《ほおおちば》

信濃路の旅に栞《しお》りし朴落葉《ほおおちば》

翔び立ちて石蕗《つわ》より淡き黄蝶かな

空蒼く蒼く澄みゆき冬に入る

銀杏散るまこと幽《かそけ》き音をたて

掃《は》かである落葉の色の少し褪《あ》せ

落葉のせ川の流れの急《せ》きにけり

音たてて木の葉雨降る遊歩道

逍遥《しょうよう》の水攻め城址《じょうし》初しぐれ

小春日の光となりて黄蝶舞ふ

帰省すと届きし便り布団干す

手際よき鍋奉行ゐて賑やかに

池日和鴨陣をくみ陣をとき

幾筋か冬日《ふゆび》の届き鶴の墓

虎落笛《もがりぶえ》あすは発つ娘《こ》と語りゐて

切り張りの更に美し白障子

顔見世のまねきの墨の香を仰ぐ

顔見世のはなやぎ今もまなうらに
篠笛《しのぶえ》の高音のひびく大神楽

伊勢の獅子《しし》今年も来り十二月

菖蒲枯れ残りし名札江戸と肥後

縹渺《ひょうびょう》と枯野の起伏草千里《くさせんり》

雪しまき風巻《しま》きて阿蘇《あそ》を遮れり

鴨自在いろは描くごと水尾を引き

ゆるゆると柚子湯《ゆずゆ》に今日の終りけり

魂《たま》抜けしごとくに立てり枯尾花

童顔の雪舟像と日向ぼこ

乙女像寄り添ふ冬芽たくましく

行く年の落ち蟬眩しみ立ちつくす

赤赤と木立を海を冬日落つ

風花や下校児の頰みな紅し

浮雲にみな背伸びせし水仙花

まほろばの吉備に降り立つ四温晴《しおんばれ》

神の庭低く灯して藪柑子《やぶこうじ》

冬雲の天地覆ふ日父葬《ほふ》る

寒《かん》見舞《みまい》とて鮒飯《ふなめし》の届きけり

寒肥《かんごえ》す一木一苗《いちぼくいちびょう》声をかけ

風に立ち風を流して水仙花

ふと雲の軽く見ゆる日春隣

嘉子・新年

娘《こ》の笑顔遥かにありて初電話

梵鐘《ぼんしょう》の余韻の長き初御空《はつみそら》

病む夫《つま》の安らぎの刻初笑顔

初旅や彼方に模糊《もこ》と讃岐富士《さぬきふじ》

大朱杯もて神酒《みき》を受く初詣

倉町の路地の日溜福寿草

楪《ゆずりは》の紅すがすがし宮の朝

杓《しゃく》置きの匂ふ青竹初詣

吉報に集ふ一族年酒《ねんしゅ》酌《く》む

縫初《ぬいぞめ》や祖母の織りたる藍絣《あいがすり》

あとがき

昭和五年生まれの母の米寿の記念に、母と私の合同句集を作ることを思いたちました。母と私は、お互いに相談した訳でもなく、それぞれに俳句を趣味にしておりました。

母、嘉子は、昭和六十年頃、女学校の同窓会で、仲良しだった友人に誘われ、俳句を始めたそうです。結社「未央」に入会し、高木石子氏、吉年虹二氏、岩垣子鹿氏、古賀しぐれ氏に師事してきました。

私、甲奈は、三十五年前、スチュワーデス訓練生として、研修先の金沢支店に配属され、当時小松空港の運航管理者だった内海良太氏と運命的な出会いをしました。「俳句をやってみませんか」と誘われ、学生時代に音楽サークルに入って作詞をしたりしていた私は、なんとなく面白そうかなと、五七五の世界に足を踏み入れたのです。仕事柄、世界各地に滞在したので、外国での俳句をよく作りましたし、飛行機や空港もよい句材になりました。旅先の句も家族や飼い猫たちの句も、後から目にすると、それぞれに詠んだ時のことが思い出され、「俳句は三十五年間の日記みたいだなあ」と懐かしい気持ちになります。

休日が不定期で、なかなか句会に出られず、仕事に追われて俳句を作ることも投句することも滞ってしまった時期もありました。

それでも、今日にいたるまで俳句を続けることができたのは、恩師である内海氏をはじめ、職場の俳句会の先輩たちが、ずっと声をかけてくださったおかげです。数年前からは、俳句の英訳チームにも参加させていただき、新しい楽しみを見出すこともできました。これからもいろいろなかたちで俳句に親しんでいきたいと思っています。

母とは、私が帰省した際にお互いの作品を見せ合ったり、一緒に行ったヨーロッパ旅行で俳句を作り合ったりと、俳句を通して楽しい共通の時間を持つことができました。

最近は足を患い、「もう吟行に行くのは、皆さんに迷惑をかけるからやめようかしら」と話す母を、「だめだめ、呆けてしまうから、続けなくてはだめ」と励ましています。今回の句集作りは、母にとって、かなり張り合いのある作業だったようです。喜んで自分の選句をし、私がさらに選んだものを、こだわって並び替えたり、さらに句を選び直してくれました。

この句集を元気の源にして、これからも俳句を楽しみながら、毎日を楽しく過ごしてもらいたいと願っています。

今回の句集発行にあたり、内海氏をはじめ、職場俳句会、万象、文芸社のみなさま、あらゆる面で支えてくれた家族、友人たち、そして、母と私の記念の句集に過ぎないこの本を手に取り、読んでくださったみなさまに心から感謝いたします。

二〇一七年十二月二十一日

平子　甲奈

著者プロフィール

平子 甲奈 (ひらこ かんな)

本名　平子恵子
1959年　岡山県出身
　　　　金光学園、聖心女子大学卒業
1982年　航空会社に入社
　　　　キャビンアテンダントとして乗務し、現在に至る
　　　　俳句同人誌「万象」会員
　　　　俳句以外の趣味はスキー、ヨガ、映画鑑賞
　　　　夫・猫２匹と東京在住

田主 嘉子 (たぬし よしこ)

1930年　岡山県出身
1948年　玉島高等学校卒業
　　　　俳句同人誌「未央（びおう）」同人
　　　　俳句以外の趣味は野菜作り、書道、「古典を読む会」
　　　　岡山県在住

空に俳句の虹かけて ～母と私の三十年句集～

2018年３月15日　初版第１刷発行

著　者　平子 甲奈
　　　　田主 嘉子
発行者　瓜谷 綱延
発行所　株式会社文芸社
　　　　〒160-0022　東京都新宿区新宿1－10－1
　　　　　　　　　　電話　03-5369-3060（代表）
　　　　　　　　　　　　　03-5369-2299（販売）

印刷所　株式会社フクイン

ISBN978-4-286-19248-2